Chroniques de la Lune Noire

3 : La Marque des Démons

LEDROIT

FROIDEVAL

Chroniques de la Lune Noire

3 : La Marque des Démons

DARGAUD

PARIS • BARCELONE • BRUXELLES • LAUSANNE • LONDRES • MONTREAL • NEW YORK • STUTTGART www.dargaud.com

© **DARGAUD EDITEUR 1994**
Lettrage : Isabelle MERLET
© ZENDA 1991
Tous droits de traduction, de reproduction et d'adaptation strictement réservés pour tous pays.
Dépôt légal : Juillet 2004 • ISBN 2-205-04377-3
Printed in France by PPO Graphic, 93500 Pantin

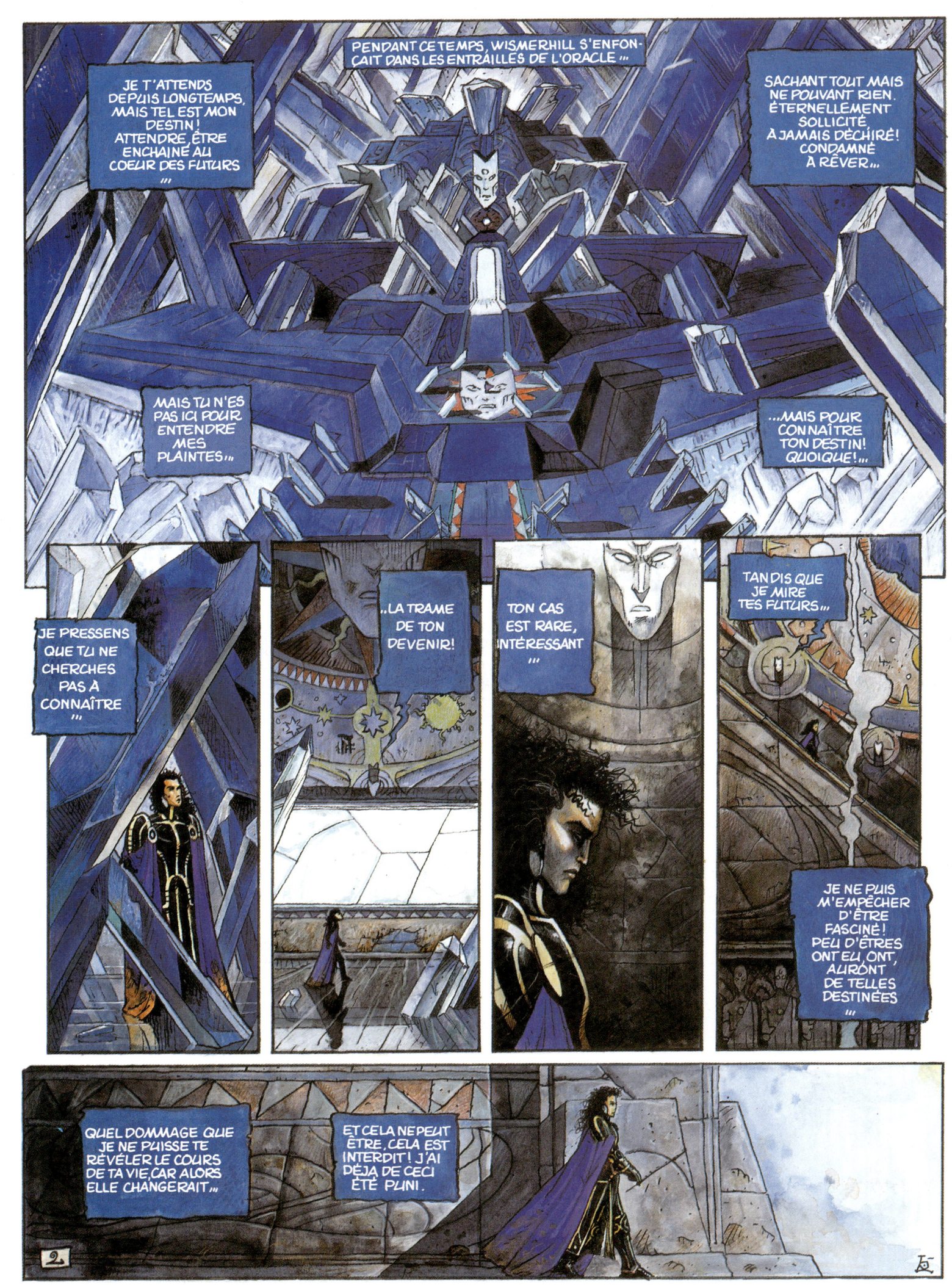

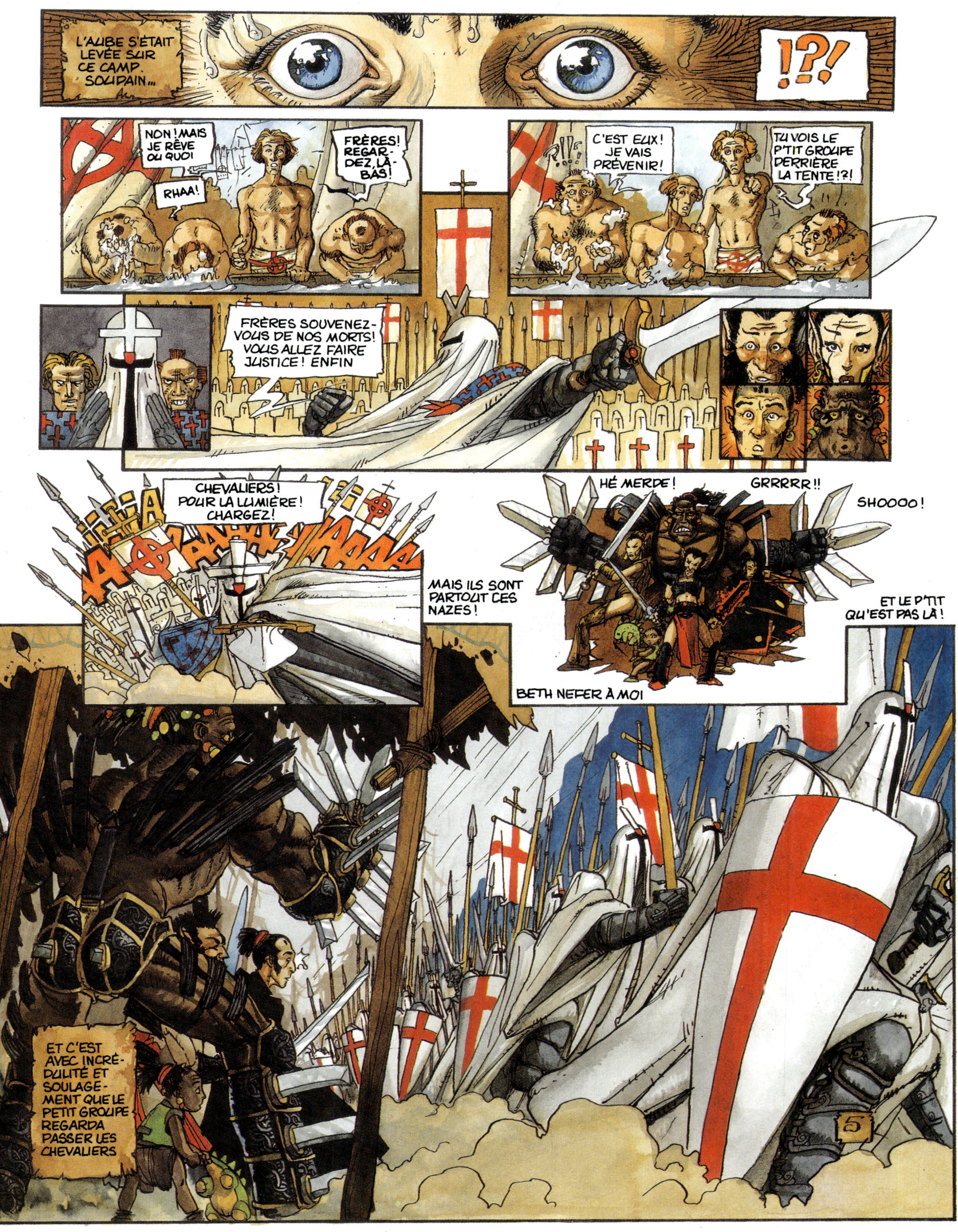

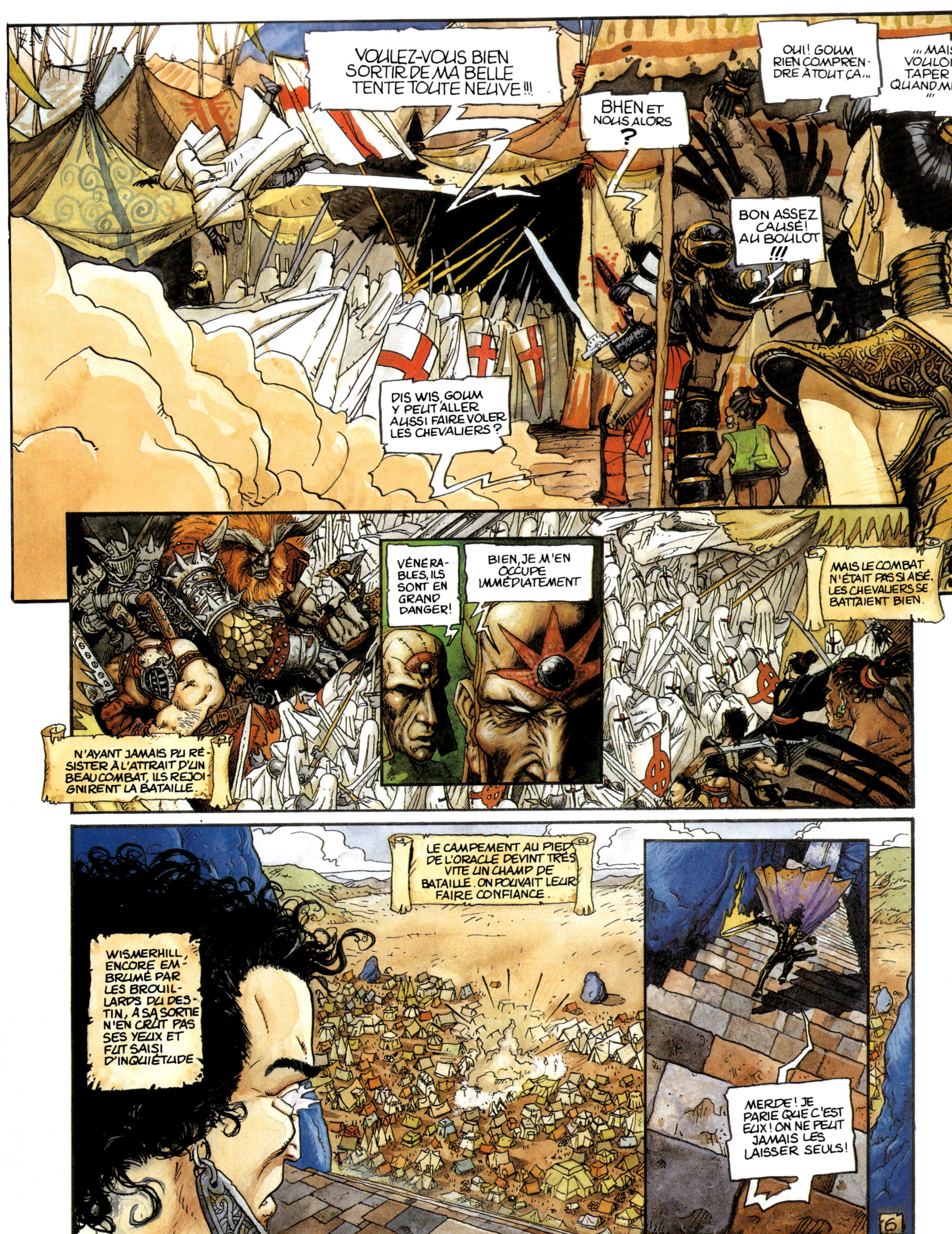

TUEZ LES TOUS!

CEPENDANT BIENTÔT IL NE RESTA PLUS POUR COMBATTRE QU'UN PETIT GROUPE INQUIET!

CE COUP LÀ, JE CROIS BIEN QUE C'EST LA FIN. ADIEU FEY

SERS-TOI DE TON ÉPÉE, FILS!

MOI, J'AI PAS D'ÉPÉE MAIS J'VAIS FAIRE AVEC. HÉ, HÉ!

HALTE! VOUS ÊTES CERNÉS

MAIS AU DERNIER MOMENT L'HALLALI FUT BRUSQUEMENT INTERROMPU !!!

AU NOM DE LA LUNE NOIRE JE T'INTIME DE CESSER LE COMBAT!

L'ORACLE EST UN LIEU SACRÉ OÙ L'ON NE PEUT COMBATTRE!

MAIS CE SONT DES HORS LA LOI!

ICI, PAS PLUS QUE VOUS!

IL A RAISON, LE CURÉ!

PARTEZ OU JE DONNE L'ORDRE DE TIRER!

SOIT! MAIS ILS NE PERDENT RIEN POUR ATTENDRE '''

ALLONS! FRÈRES, PARTONS.

UNE BOULE DE CRISTAL NEUVE!

QUI EST-CE QUI VA PAYER POUR MA TENTE?!

''' ET LA MIENNE

TU CROIS QUE LES NIGAUDS SONT DANS LE COUP?

PUTAINS DE NOBLES!

HA, MERDE! Y S'TAPIONS POINT D'SSUS ON EST VENU POUR RIEN, MARCEL!

ET C'EST TOUJOURS LES PETITS QUI TRINQUENT. SALES RACLURES!

LÉS!

ET COMME DANS UN SONGE, NOS HÉROS ÉBAÏS SE RETROUVÈRENT SEULS...

ALLEZ MES FILS!

8

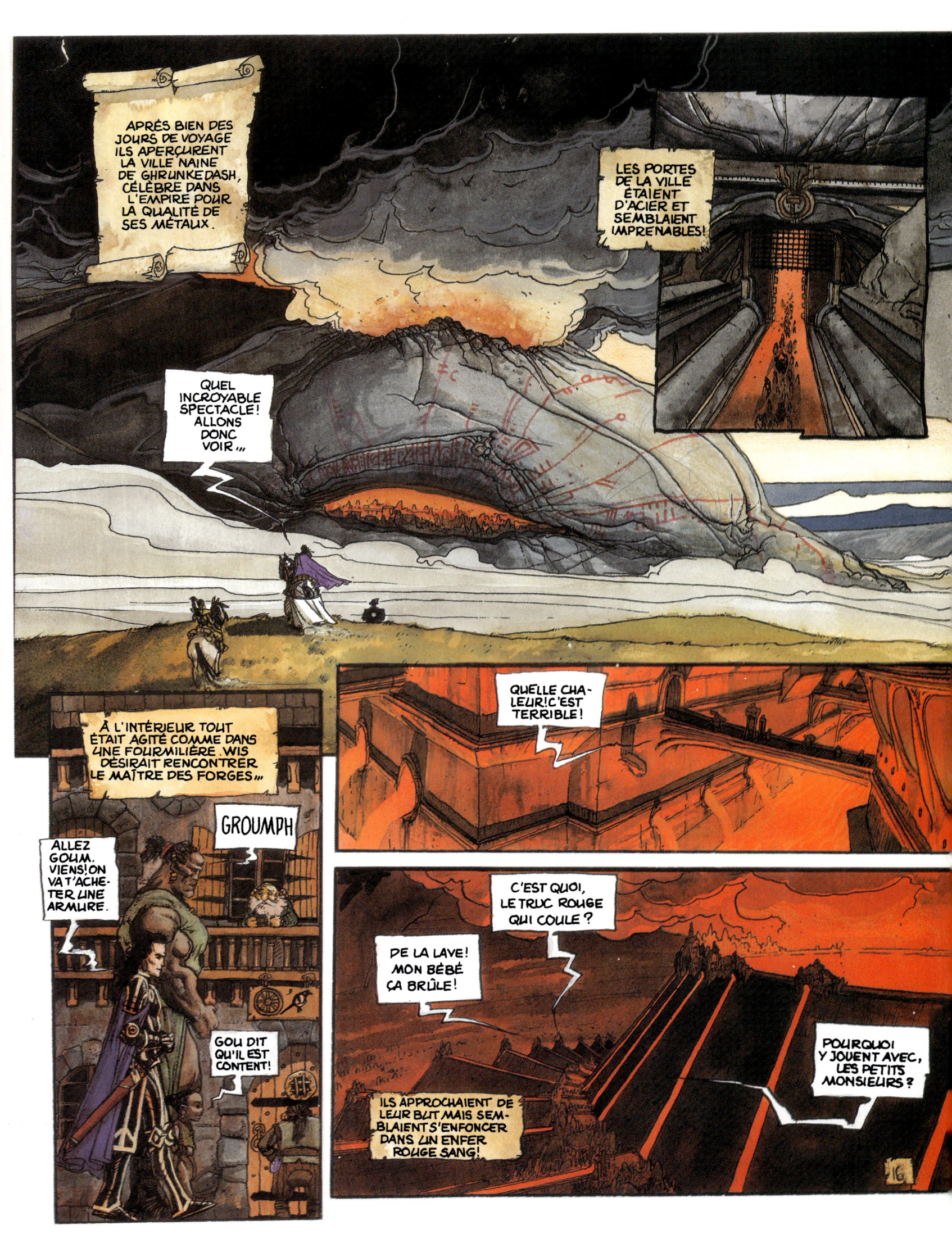

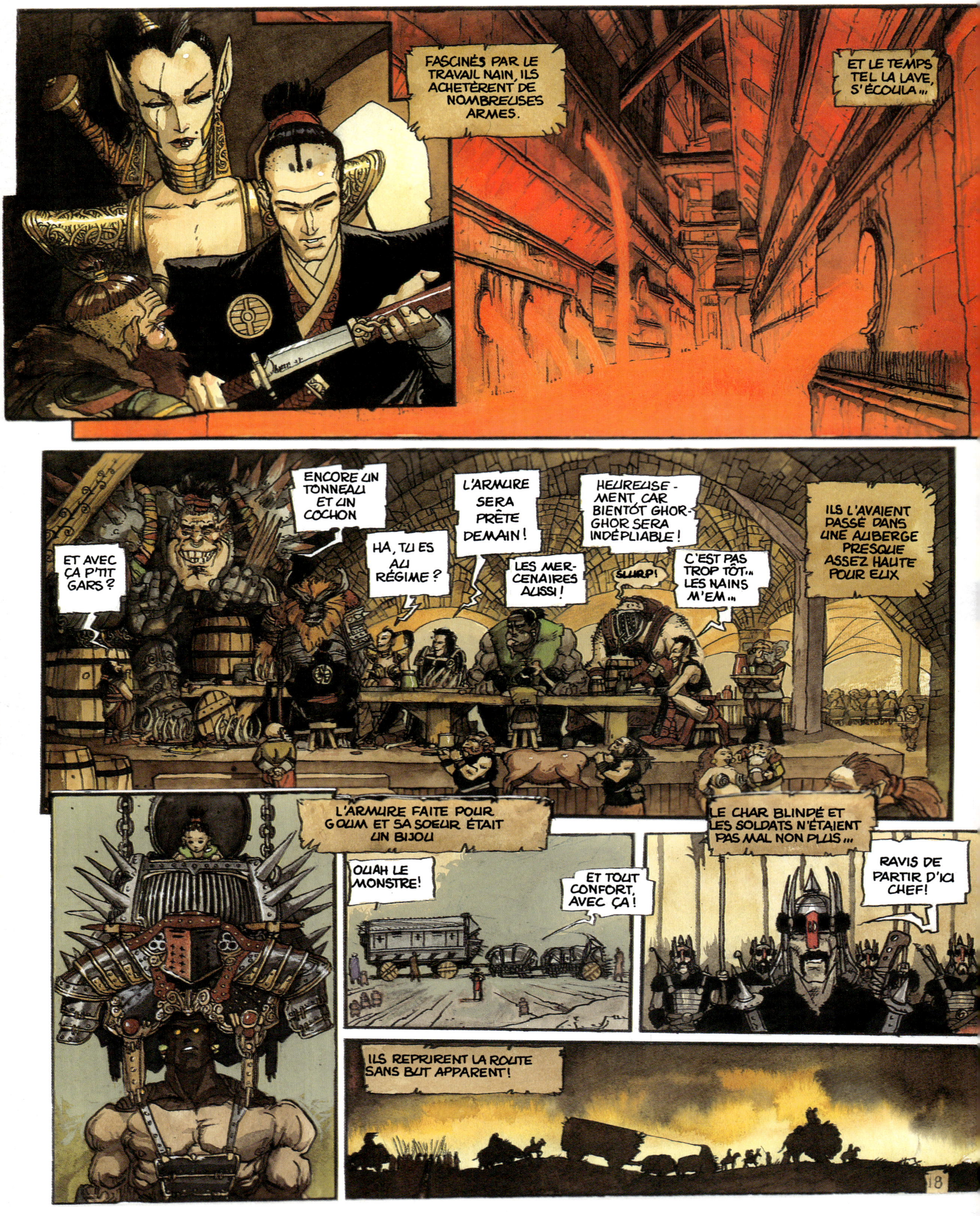

FASCINÉS PAR LE TRAVAIL NAIN, ILS ACHETÈRENT DE NOMBREUSES ARMES.

ET LE TEMPS TEL LA LAVE, S'ÉCOULA...

ENCORE UN TONNEAU ET UN COCHON

ET AVEC ÇA P'TIT GARS ?

HA, TU ES AU RÉGIME ?

L'ARMURE SERA PRÊTE DEMAIN !

LES MERCENAIRES AUSSI !

HEUREUSE-MENT CAR BIENTÔT GHOR-GHOR SERA INDÉPLIABLE !

SLURP!

C'EST PAS TROP TÔT... LES NAINS M'EM...

ILS L'AVAIENT PASSÉ DANS UNE AUBERGE PRESQUE ASSEZ HAUTE POUR EUX

L'ARMURE FAITE POUR GOUM ET SA SOEUR ÉTAIT UN BIJOU

OUAH LE MONSTRE!

ET TOUT CONFORT, AVEC ÇA !

LE CHAR BLINDÉ ET LES SOLDATS N'ÉTAIENT PAS MAL NON PLUS...

RAVIS DE PARTIR D'ICI CHEF !

ILS REPRIRENT LA ROUTE SANS BUT APPARENT!

18

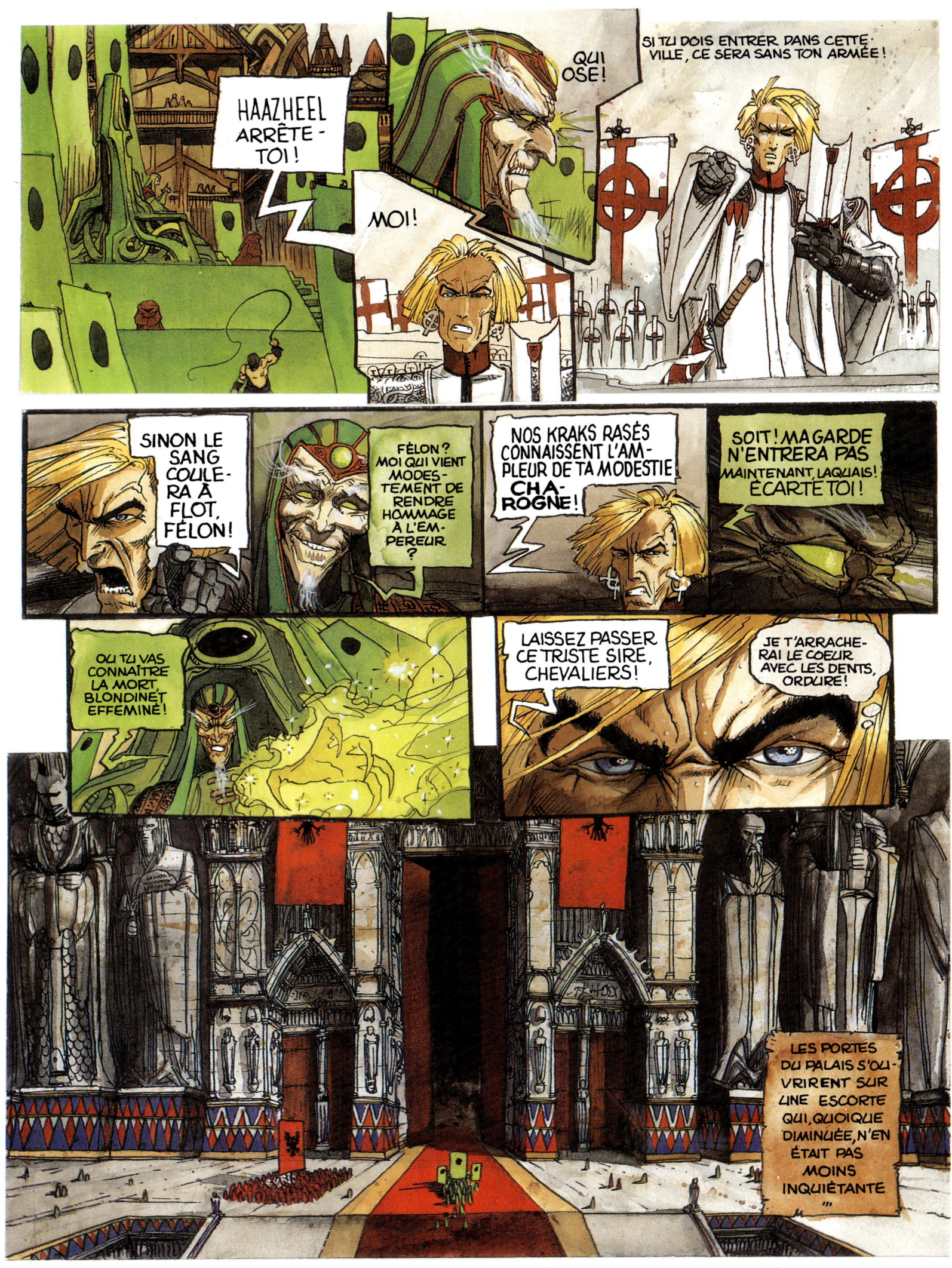

SON ALTESSE LE BARON DE MHOORKH ET SA SAINTETÉ HAAZHEEL THORN MAÎTRE DE LA LUNE NOIRE

ALORS, SOLENNELLEMENT ILS AVANCÈRENT VERS LE TRÔNE

CE PALAIS EST D'UN CLINQUANT, SORDIDE...

BAH! NOUS LE RA-SERONS!

OUI, TRÈS NOUVEAUX RICHES...

ET VOILÀ LE CLOWN COU-RONNÉ !!!

ENFIN, IL VIENT FAIRE SERMENT DE VASSALITÉ!

IL EST VOTRE PIRE ENNEMI SIRE LAISSEZ MOI LE TUER

IL N'Y A PAS QUE LE FER ET LE SANG QUI PERMETTENT DE RÉGNER, FRATUS!

HÉ, HÉ, HÉ SI VIEUX, SI USÉ, SI FAIBLE, SI VULNÉRABLE...

LA CÉRÉMONIE FUT POIGNANTE DE SINCÉRITÉ...

...TE REÇOIT COMME VASSAL!

...SI PEU DE JOURS À VIVRE HO, HO, HO, HO!

OUI, COMPTE SUR MOI POUR TE SAIGNER, MON SIRE!

ET BIENTÔT TE BROIE-RAI SANS MERCI, IMMONDE CRÉATURE! JUSTE ENCORE UN PEU DE TEMPS...

VOILÀ! JE VIENS DE GAGNER BEAUCOUP DE TEMPS! PEUT-ÊTRE ASSEZ

PUIS TANDIS QUE LES HYMNES RÉSONNAIENT ENCORE, HAAZHEEL REPARTIT!

IL ÉTAIT UN FÉLON AVANT MÊME DE NAÎTRE, SIRE!

SILENCE, FRA-TUS! L'EMPE-REUR C'EST ENCORE MOI!

ALORS PROFITES-EN BIEN!... TANT QUE ÇA DURE, SALE DZORAK!

LA NUIT QUI TOMBA SUR L'ÉTRANGE VILLAGE FUT TRÈS PAISIBLE ...

MERDE! VITE UN SEAU! LE LIT CRAME!

KRUÏ

... ENFIN PRESQUE !

LE TEMPS S'ÉCOULAIT DOUCE-MENT MAIS INÉLUCTA-BLEMENT ...

TU AS VU CE RIDICULE PETIT LÉZARD!

LAISSE, JE VAIS N'EN FAIRE QU'UNE BOUCHÉE!

LES VIEUX HILARES SEMBLAIENT PARTAGER UN ÉTRANGE SECRET

HA ÇA FAIT BIEN CENT ANS QU'ON AVAIT PAS RIGOLÉ AUTANT!

HÉ OUI! ON VA EN AVOIR DE BEAUX ENFANTS !!!

HARF! HARF! HARF! HARF!

KRAOUM GNIAP! GNIAP!

* CHOUETTE À MANGER

HA LA CHAROGNE! JE VAIS ME LE FAIRE!

NON! NOUS SERIONS DÉCOU-VERTS!

KRA KRAOUM KRA !

CUIT, REPAS, CUIT!

NUL N'ENTENDIT FEYDRIVA HURLER DANS LA NUIT!

DANS LA DERNIÈRE NUIT DU VILLAGE QUI N'APPARAISSAIT...

QU'UNE SEMAINE TOUS LES CENT ANS, ATTIRANT À CHAQUE FOIS UN GROUPE D'AVENTURIERS.

11

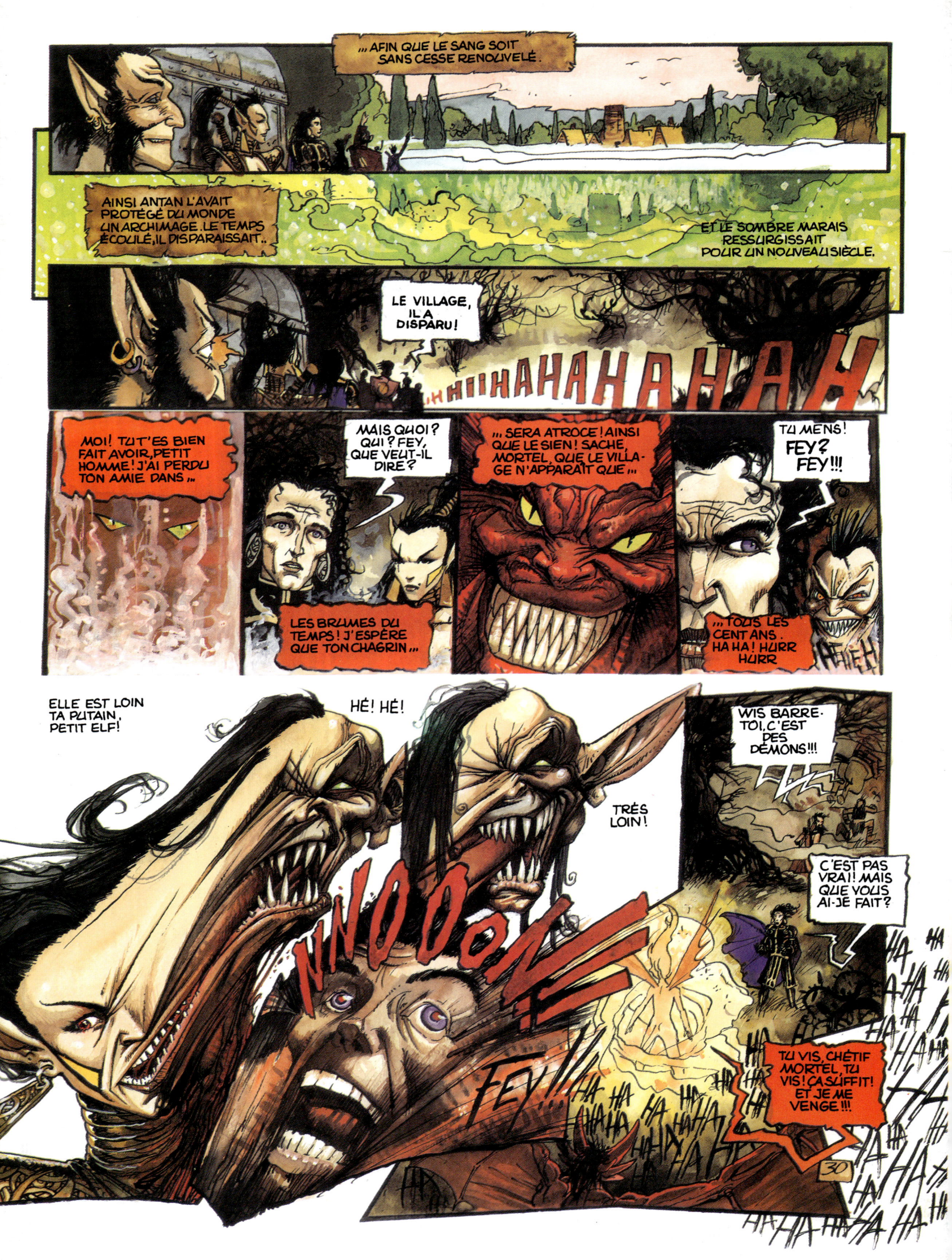

POURQUOI LE DESTIN LE FRAP-
PAIT T-IL TOUJOURS AVEC AUTANT
DE CRUAUTÉ, S'APITOYAIT-IL.

FEY!!! NON!

MERCI, TU M'AS ÉPARGNÉE, JE SUIS À TOI. JE TE SERVIRAI!

LAISSE-MOI! VAS T'EN! DISPARAIS!

NON! J'AI PASSÉ UN PACTE, JE DOIS LE RESPECTER!

JE NE LE PUIS PLUS! JE SUIS TIENNE À VIE!

JE VAIS TE MONTRER, CONTEMPLE MON POUVOIR!

VAT'EN! DÉMON!

C'EST RIDICULE, QUE FERAIS-JE DE TOI?

RIEN NE ME FERA CHANGER D'AVIS! PARS!

35

36

37

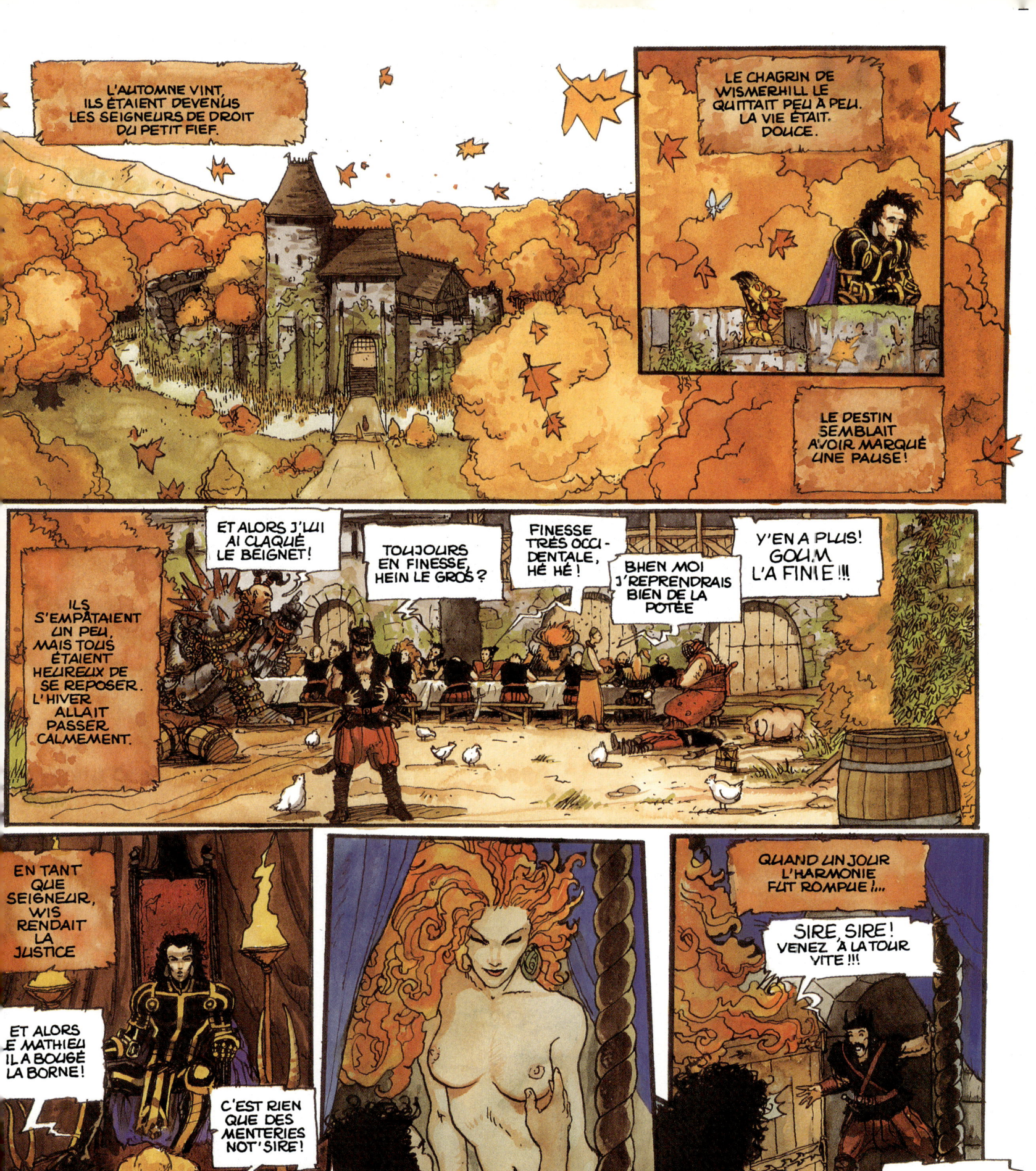